www.ingramcontent.com/pod-product-compliance
Lightning Source LLC
LaVergne TN
LVHW010419070526
838199LV00064B/5356
* 9 7 8 9 3 5 8 7 2 4 1 2 7 *

دادی اماں کی کہانی

(بچوں کی کہانیاں)

اشتیاق احمد

© Ishtiyaq Ahmad

Dadi Amma ki Kahani *(Kids Stories)*

by: Ishtiyaq Ahmad

Edition: May '2024

Publisher :

Taemeer Publications LLC (Michigan, USA / Hyderabad, India)

ISBN 978-93-5872-412-7

مصنف یا ناشر کی پیشگی اجازت کے بغیر اس کتاب کا کوئی بھی حصہ کسی بھی شکل میں بشمول ویب سائٹ پر اَپ لوڈنگ کے لیے استعمال نہ کیا جائے۔ نیز اس کتاب پر کسی بھی قسم کے تنازع کو نمٹانے کا اختیار صرف حیدرآباد (تلنگانہ) کی عدلیہ کو ہو گا۔

© اشتیاق احمد

کتاب	:	**دادی اماں کی کہانی** (بچوں کی کہانیاں)
مصنف	:	**اشتیاق احمد**
ترتیب و تدوین	:	سید حیدرآبادی
صنف	:	ادب اطفال
ناشر	:	تعمیر پبلی کیشنز (حیدرآباد، انڈیا)
سالِ اشاعت	:	۲۰۲۴ء
صفحات	:	۳۸
سرورق ڈیزائن	:	تعمیر ویب ڈیزائن

فہرست

دادی اماں کی کہانی

دادی اماں سونے سے پہلے سب بچوں کو کہانی سنایا کرتی تھیں۔ ہمارے گھر میں ان کی کہانی سننے کے لئے محلے کے دوسرے بچے بھی آ جاتے۔ ہر روز رات کو ہم ان سے کہانی سنتے۔ ان کی کہانیاں بہت مزیدار ہوتیں۔ ہم انہیں مزے لے لے کر سنتے۔ آخر میں دادی اماں کہانی ختم کرکے سب کو دعائیں دیتیں۔

اس رات بھی سب بچے ان کے گرد جمع تھے۔ دادی اماں نے کہانی اس طرح شروع کی:

ننھے منے پھول جیسے نازک بچو! کہانیاں تو تم نے نہ جانے کتنی سنی ہوں گی۔ ان میں جنّوں، دیوؤں، بھوتوں پریوں، بادشاہوں اور شہزادوں، سبھی قسم کی کہانیاں تم نے سنی ہوں گی، لیکن آج میں جو کہانی سنانے والی ہوں، وہ نہ کسی جنّ دیو کی ہے، نہ بادشاہ یا شہزادے کی، بلکہ آج کی کہانی ایک عورت اور اس کے بیٹے کی ہے۔

"بھلا یہ کیا کہانی ہو سکتی ہے دادی اماں!" ایک بچے نے حیران ہو کر کہا۔ دادی اماں مسکرائیں اور پھر کہنے لگیں:

"پہلے سن تو لو۔ ہاں تو اس عورت کا ایک چھوٹا سا بیٹا تھا۔ ابھی اس کی عمر چار سال کی تھی کہ اس عورت کا خاوند بس کے نیچے آ کر مر گیا۔ وہ بہت غریب آدمی

تھا۔ اس کے مرنے کے بعد گھر میں کچھ بھی نہ تھا۔ آخر اس نے محلے کے گھروں میں کام کرنا شروع کر دیا۔ لوگوں کے برتن دھوئے، کپڑے دھوئے، سلائی کا کام کیا اور اس طرح وہ اتنے پیسے کمانے کے قابل ہو گئی کہ اپنی اور اپنے بچے کی گزر بسر کر سکے۔ ان ہی حالات میں بچہ چھ سال کا ہو گیا تو اس نے اسے سکول میں داخل کرا دیا۔ بچہ بہت ذہین تھا۔ کلاس میں اس نے نمایاں مقام حاصل کر لیا۔ پہلی جماعت میں اوّل آیا تو ماں کی خوشی کا کوئی ٹھکانا نہ رہا۔ بچہ دل لگا کر پڑھتا رہا۔ اس نے دن رات محنت کی۔ ہر سال جماعت میں اوّل آتا رہا۔ دراصل اسے اس بات کا بہت دکھ تھا کہ اس کی ماں کو لوگوں کے گھروں میں کام کرنا پڑتا ہے۔ وہ سوچا کرتا کہ وہ پڑھ لکھ کر ایک دن بڑا آدمی بنے گا اور اپنی ماں کی خدمت کرے گا۔ ساری عمر اسے کوئی کام نہ کرنے دے گا۔

دن گزرتے گئے۔ آخر اس نے دسویں جماعت کا امتحان پاس کر لیا۔ اس بار اس نے اپنی محنت کی کہ ماں فکر مند ہو گئی کہ کہیں وہ بیمار نہ ہو جائے۔ لیکن وہ محنت کرنے سے باز نہ آیا۔ نتیجہ نکلا تو اخبار کے پہلے صفحے پر اس کی تصویر چھپی۔ وہ ضلع بھر میں اوّل آیا تھا۔

ماں کی خوشی کا کیا پوچھنا۔ اس دن دونوں خوشی کے مارے سو نہ سکے۔ محلے والے تمام دن مبارکباد دینے آتے رہے۔ رات کو بیٹے نے پیار بھرے لہجے میں کہا۔ "امی جان! اب میں آگے نہیں پڑھوں گا۔" ماں اس کی بات سن کر چونک اٹھی۔ اس نے کہا۔ "بیٹا! یہ تم کیا کہہ رہے ہو۔ اگر پڑھو گے نہیں تو بڑے آدمی کیسے بنو گے۔ ابھی تو تمہیں بہت پڑھنا ہے۔"

"لیکن امی جان! میں آپ کو کام کرتے نہیں دیکھ سکتا۔ اس لیے میں کوئی ملازمت ڈھونڈ لیتا ہوں۔"

"بیٹا! تم میری امیدوں پر پانی نہ پھیرو۔ اس خیال کو فوراً دل سے نکال دو۔ مجھے تمہاری اس بات سے بہت تکلیف پہنچی ہے۔ آئندہ ایسی بات نہ کہنا۔"

بچے نے ماں کی بات سن کر خاموشی اختیار کر لی اور کالج میں داخل ہو گیا۔ اب وہ پہلے سے بھی زیادہ محنت کرنے لگا۔ اس کی ماں بھی پہلے کی نسبت زیادہ گھروں میں کام کرنے لگی۔ کیونکہ اب اسے بیٹے کی کالج کی فیس ادا کرنی پڑتی تھی اور اس کے دوسرے اخراجات بھی۔ کرنا خدا کا کیا ہوا۔ وہ ہر سال اچھے نمبروں سے پاس ہوتا چلا گیا۔ یہاں تک کہ اعلیٰ تعلیم حاصل کرکے فارغ ہو گیا۔ اب چونکہ اس نے ہر سال نمایاں کامیابی حاصل کی تھی اور میٹرک میں تو ضلع بھر میں اوّل آیا تھا۔ اس لیے اسے فوراً ہی ایک سرکاری دفتر میں ملازمت مل گئی۔ جس دن اسے ملازمت ملی، وہ دوڑتا ہوا گھر میں داخل ہوا اور اپنی ماں سے لپٹ گیا اور اسے اٹھا کر چکر لگانے لگا:

"بس امی! آج کے بعد آپ کسی گھر میں کام نہیں کریں گی۔"

"ٹھیک ہے بیٹا! اس دن کے انتظار میں تو میری ساری جوانی گزر گئی۔ اب خدا کے فضل سے تم کسی قابل ہو گئے ہو تو مجھے کیا ضرورت ہے کہ دوسروں کے گھروں میں کام کروں۔ اب تو میں اپنے بیٹے کے لیے چاند سی دلہن لاؤں گی۔"

ماں نے اسی دن سے بیٹے کے لیے رشتہ تلاش کرنا شروع کر دیا۔ بہت جلد وہ اپنے مقصد میں کامیاب ہو گئی اور اس نے اپنے بیٹے کی شادی کر دی۔ شادی کے چھ سال بعد ملک کی سرحدوں پر جنگ چھڑ گئی۔ اس وقت تک اس کے بیٹے کے ہاں تین

بچے پیدا ہو چکے تھے۔ یہ دو لڑکے اور ایک لڑکی تھے۔ دشمن ملک نے اعلان کے بغیر ہمارے ملک پر حملہ کیا تھا۔ اس لیے سب غصے میں آ گئے۔ ہزاروں شہری جنگ کی تربیت لینے لگے۔ ان میں اس عورت کا بیٹا بھی تھا۔ وہ بھی کسی سے پیچھے رہنا نہیں چاہتا تھا۔ تربیت لینے لگا۔ ایک دن اسے بھی پچھلے مورچوں پر بھیج دیا گیا۔ ماں نے اسے خوشی خوشی رخصت کیا۔ جب وہ لڑائی پر جا رہا تھا تو اس کے بچے اس سے لپٹ لپٹ گئے۔ اس کی بیوی کی آنکھوں میں آنسو آ گئے۔ جنگ پندرہ دن تک جاری رہی۔ پندرھویں دن شہر کے محاذ پر کچھ زیادہ ہی زور تھا۔ توپ کا ایک گولہ پچھلے مورچوں پر آکر گرا اور کچھ دوسرے لوگوں کے ساتھ اس عورت کا بیٹا بھی شہید ہو گیا۔ اس کی لاش گھر لائی گئی تو بچے اس سے لپٹ کر رونے لگے۔ بیوی دھاڑیں مار مار کر رونے لگی۔ ایک ماں تھی جس نے آنکھ سے ایک آنسو بھی نہ نکلنے دیا۔ بس وہ لاش کو تکتی رہی۔

ایک بار پھر وہی دوسروں کے گھروں کے کام تھے اور وہ تھی۔ پہلے وہ اپنے بیٹے کے لئے کام کرتی تھی۔ اب اپنے پوتوں کے لئے اور بیٹے کی بیوی کے لئے۔ بچو جانتے ہو اب وہ اپنے پوتوں کو کیا نصیحت کرتی ہے۔ وہ انہیں خوب پڑھنے لکھنے کی نصیحت کرتی ہے، تاکہ وہ ایک دن بڑے افسر بن سکیں اور اگر ملک کو ان کی ضرورت پڑ جائے تو اس کی خاطر اپنے خون کا آخری قطرہ تک بہا دیں۔ اتنا کہہ کر دادی اماں خاموش ہو گئیں۔

سب بچے ٹکر ٹکر ان کے منہ کی طرف دیکھنے لگے:

"آگے سنائیے نا دادی اماں۔"

"بس بچو۔ کہانی تو ختم ہو گئی۔"

کیا۔ کہانی ختم ہو گئی!"

"ہاں بچو! کہانی ختم بھی ہو گئی اور نہیں بھی ہوئی۔ ختم اس طرح کہ اس کا بیٹا شہید ہو گیا اور ابھی ختم اس طرح نہیں ہوئی کہ اب وہ اپنے بیٹے کے بیٹوں کو پڑھا رہی ہے۔ جب وہ بڑے ہو جائیں گے تو ہو سکتا ہے کہ کسی دن پھر جنگ چھڑ جائے اور انہیں اپنی جانیں قربان کرنے کا موقع مل جائے۔ اس طرح بھلا یہ کہانی ختم کیسے ہو سکتی ہے۔ اس کے پوتے زندہ ہیں اور وہ ایک بار پھر انہیں وطن کے لئے تیار کر رہی ہے۔ مجھ سے وعدہ کرو بچو کہ تم بھی اپنے وطن کی ہر طرح خدمت کرو گے، اس کے لیے جان تک دو گے۔"

"دادی اماں! ہم وعدہ کرتے ہیں۔" سب نے یک زبان ہو کر کہا۔

"دادی امّاں! آپ نے یہ تو بتایا ہی نہیں کہ وہ عورت کون ہے، کہاں رہتی ہے، اس کا کیا نام ہے۔"

اچانک دادی امّاں کی آنکھوں سے آنسو ٹپ ٹپ گرنے لگے، پھر وہ روتے روتے مسکرائیں اور بولیں: "پیارے پیارے بچو! وہ عورت میں ہی ہوں۔ میرا ہی بیٹا شہید ہوا تھا اور اب میں تم تینوں کو پال رہی ہوں۔" انہوں نے میری، میرے چھوٹے بھائی اور بہن کی طرف اشارہ کر کے کہا۔

بچے حیران ہو کر ہمیں دیکھنے لگے۔

***

بلیوں کی کانفرنس

گھر کے کباڑ خانے میں بلیوں کی کانفرنس ہو رہی تھی۔ تمام بلیلاں اس طرح ایک گول دائرے میں بیٹھی تھیں جیسے کسی گول میز کانفرنس میں شرکت کر رہی ہوں۔ بیٹھنے سے پہلے ان سب نے اپنی اپنی دم سے اپنی جگہ بھی صاف کی تھی۔ لکڑی کی ایک ٹوٹی کرسی پر اس وقت ایک بوڑھی بلی بیٹھی تھی۔ یہ بی حجّن تھی۔ تمام بلیلاں اسے اسی نام سے پکارتی تھیں کیونکہ اس کے متعلق مشہور تھا کہ نو سو چوہے کھانے کے بعد حج کو گئی تھی۔

اچانک اس نے اپنا بازو اٹھا کر مکے کی شکل میں لہرایا اور بلند آواز میں بولی: "یہ تو تم سب کو معلوم ہی ہے کہ ہم یہاں کس لیے جمع ہوئے ہیں۔ اس گھر کے رہنے والے اب ہم پر ظلم کرنے لگے ہیں کسی کی دم پر پاؤں رکھ دیتے ہیں تو کسی پر لکڑی یا پتھر اٹھا مارتے ہیں۔ ایک زمانہ تھا جب اس گھر پر چوہوں کی حکومت تھی۔ ہر طرف چوہے ہی چوہے تھے۔ باورچی خانے کے ہر کونے میں چوہے، گھر کی الماریوں میں چوہے، کھانے پینے کی چیزوں میں چوہے۔ یہاں تک کہ سوتے وقت ان لوگوں کے بستروں میں گھر کر چوہے لحافوں کے مزے بھی لیا کرتے تھے۔ آخر جب گھر والے بالکل ہی تنگ آ گئے تو انہوں نے ایک بلی پالنے کی سوچی۔ اس کام پر منے

میاں کو لگایا گیا۔ منے میاں ایک گلی میں سے گزرے۔ اس گلی میں ایک ٹوٹا پھوٹا مکان تھا جس میں میں اپنی ماں کے ساتھ رہتی تھی۔ منے میاں کی نظر مجھ پر پڑی تو جھٹ مجھے اٹھالیا۔ میں بہت گھبرائی مگر کیا کر سکتی تھی۔ ابھی بہت چھوٹی تھی نہ پنجے مار سکتی تھی نہ بھاگ سکتی تھی۔ منے میاں مجھے اس گھر میں لے آئے اور میں نے یہاں چوہوں کا ایک لشکر عظیم دیکھا۔ اتنی بڑی فوج کو دیکھ کر میں گھبرا گئی کیونکہ ابھی تو میں دودھ پیتی بچی تھی۔ میں بھلا کیا چوہے کھاتی۔ پھر بھی اتنا ہوا کہ میری آواز سن کر چوہے ادھر سے ادھر بھاگ جاتے اور بلوں میں سے منہ نکال نکال کر مجھے دیکھتے رہتے۔ رفتہ رفتہ میں بڑی ہوتی گئی اور چوہوں کا شکار کرنے لگی۔ اب تو چوہے مجھ سے خوب ڈرنے لگے۔ ایک دن کیا ہوا، مجھے دیکھ کر بلی کے دو تین بچے اور اس گھر میں آکر رہنے لگے۔ اب تو روز بروز ہماری تعداد بڑھنے لگی اور چوہوں کی تعداد کم ہونے اب ہم اس گھر میں خوب اچھل کود مچانے لگے۔ ہماری تعداد بڑھتی ہی چلی گئی۔ پہلے پہل تو گھر کے لوگ خوش ہوتے رہے کیونکہ چوہے غائب ہوتے جارہے تھے اور ان کو ہماری وجہ سے بہت سکون ہو گیا تھا۔ جب ہماری تعداد بہت زیادہ ہو گئی تو ہم نے رہنے کے لئے اس کباڑ خانے کو چن لیا۔ رات کو یہاں رہنے لگے اور دن میں سارے گھر میں اچھلتے کودتے پھرتے۔ دن یونہی گزرتے رہے۔ ہماری تعداد بڑھ رہی تھی۔ آخر ایک دن ہم نے چوہوں کی فوج کا مکمل طور پر صفایا کر دیا، اب گھر میں کوئی چوہا باقی نہ بچا تھا۔

جس دن اس گھر کا آخری چوہا بھی ہماری خوراک بن گیا تو ہم نے اس گھر کے اسی کمرے میں جشن منایا اس جشن میں ہم نے اپنے بچوں کی آپس میں شادیاں

کر دیں اس دن ہماری خوشی کا کوئی ٹھکانا نہ رہا۔ پھر ایسا کہ ہماری تعداد اور بھی بڑھ گئی اور اب یہ اضافہ ہی ہمارے لئے مصیبت بن گیا ہے۔ گھر والے کھانے کی تمام چیزیں تالوں میں رکھتے ہیں ہمیں کچھ کھانے کو نہیں دیتے۔ اگر کبھی اتفاق سے کھانے کی کوئی چیز ہم میں سے کسی کے ہاتھ لگ جائے تو اسے لکڑیوں سے پیٹا جاتا ہے یا دم سے پکڑ کر ہوا میں جھلایا جاتا ہے۔ ان گھر والوں کے اس ظلم کے خلاف آج ہم سب یہاں اکٹھے ہوئے ہیں۔ پچھلے دنوں ہم نے فیصلہ کیا تھا کہ اگر یہ لوگ ہمیں کھانے کو کچھ نہیں دیتے تو نہ سہی ہم خود کھانے کی چیزیں حاصل کریں گے۔ اس فیصلے کے بعد ہم گھر کی چیزوں پر ٹوٹ پڑے تھے اور خوب جی بھر کر چیزیں کھائیں تھیں، لیکن نتیجہ کیا نکلا۔ کسی کی ٹانگ توڑ دی گئی تو کسی کو بوری میں بند کر کے دریا پار چھوڑ دیا گیا۔ مس بھوری تم کھڑی ہو جاؤ اور سب کو چل کے دکھاؤ"

ایک بھوری بلی اٹھ کھڑی ہوئی اور ان سب کو چل کر دکھایا۔ اس کی ایک ٹانگ ٹوٹی ہوئی تھی اور وہ بری طرح لنگڑا رہی تھی۔

"اس کا قصور صرف اتنا تھا کہ اس نے دودھ کی دیگچی میں سے دو تین گھونٹ دودھ پی لیا تھا۔ اسی وقت منے میاں ادھر آ نکلے۔ انہوں نے لکڑی اٹھائی اور اس کی ٹانگوں پر دے ماری۔ کتنے احسان فراموش ہیں یہ انسان اور ان کے بچے یہ ہمارے اس احسان کو بالکل ہی بھول گئے ہیں، جو ہم نے چوہوں کو کھا کر ان پر کیا ہے، یہ وہ دن بھول گئے جب اس گھر میں ہر طرف چوہے ہی چوہے ہوتے تھے اور ان کی راتوں کی نیند حرام ہو چکی تھی۔ سوتے میں چوہے ان کے اوپر اچھلتے کودتے تھے۔ آج ہم نے انہیں ان سے چھٹکارا دلا دیا ہے تو انہوں نے ہم سے آنکھیں پھیر لیں

آخر کس لیے۔ صرف اس لئے کہ ہمارے بچے بہت ہو گئے ہیں، لیکن خود ان کے کتنے بچے ہیں۔ سارے گھر میں بچے ہی بچے بھرے پڑے ہیں۔ آخر ہمیں بھی بچوں سے اتنی ہی محبت ہے جتنی کہ انہیں۔ پھر یہ کیوں ہماری جان کے دشمن بن گئے ہیں اور کیا تم سب کو معلوم ہے کہ گھر والوں نے ہمارے خلاف ایک ہی ترکیب سوچی ہے۔" بی حجّن یہ کہہ کر خاموش ہو گئی اور تمام بلیوں کو غور سے دیکھنے لگی۔ وہ سب ایک ساتھ بول اٹھیں:

"نئی ترکیب، آخر وہ کیا ہے اور ہمیں اس کا پتا کیوں نہیں چلا۔"

"یہ کل رات کی بات ہے، تم سب کو تو سونے کی پڑی رہتی ہے، صرف میں جاگ کر اللہ اللہ کر رہی تھی کہ میرے کانوں میں منے کے ابا کی آواز پڑی وہ کہہ رہے تھے ان بلیوں نے تو ناک میں دم کر رکھا ہے۔ اب ہم گھر میں شکاری کتا پالیں گے جو ان سب بلیوں کو بھگا دے گا یا چٹ کر جائے گا۔"

"کیا؟" سب بلیلاں خوف سے چلا اٹھیں۔ ان کی آنکھوں میں خوف سما گیا اور وہ تھر تھر کانپنے لگیں۔

"کانپنے اور ڈرنے سے کچھ نہیں ہو گا۔ میں تو کہتی ہوں، اس سے پہلے کہ اس گھر میں کتا آئے، گھر کی ساری چیزوں کو درہم برہم کر دو، الٹ پلٹ دو۔ ہر طرف تباہی مچا دو۔ تمہارے ساتھ آج تک جو ناانصافیاں ہوئی ہیں اور ہو رہی ہیں، ان کا انتقام لو۔"

"لیکن اس کا کیا فائدہ۔" ایک عقل مند بلے نے کہا۔ "ہم نے اس گھر کا برسوں نمک کھایا ہے، ہم نمک حرامی نہیں کریں گے۔"

"ہاں ہاں، ہم نمک حرامی نہیں کریں گے۔"

"تو پھر اس گھر سے نکلنے کے لئے تیار ہو جاؤ۔" بی حجّن نے کہا۔

"ہاں ہم اس گھر سے چلے جائیں گے لیکن نمک حرامی نہیں کریں گے۔"

اسی وقت گھر میں کتے کے بھونکنے کی آواز آئی۔ آواز اسی طرف بڑھتی آرہی تھی۔ ان کے رنگ اڑ گئے وہ سب تھر تھر کانپنے لگیں۔

"لو، آخر وہ کتّا لے ہی آئے۔"

اچانک دروازہ کھلا اور ایک خوفناک شکل کا کتّا ان کی طرف جھپٹا۔ تما بلیلاں بدحواسی کے عالم میں ادھر بھاگنے لگیں۔ وہ دیوار پھلانگ کر گلی میں کود رہی تھیں۔ سب سے آخر میں بی حجّن دیوار پر چڑھنے میں کامیاب ہوئی۔ وہ منے سے بولی جو کتے کی زنجیر تھامے ہوئے تھا: "منے میاں ہم تو جا رہے ہیں، لیکن ایک دن آئے گا جب تمہیں اس برے سلوک کا افسوس ہوگا۔ اچھا خدا حافظ"

* * *

بچپن کی تصویر

چلتی ٹرین میں چڑھنے والے نوجوان کو نواب کاشف نے حیرت بھری نظروں سے دیکھا۔ وہ اندر آنے کے بعد اپنا سانس درست کر رہا تھا۔ شاید ٹرین پر چڑھنے کے لیے اس کو کافی دور دوڑنا پڑا۔ نواب کاشف نے اس سے کہا،

"نوجوان! ٹرین پر چڑھنے کا یہ طریقہ درست نہیں، اس طرح آدمی حادثے کا شکار ہو سکتا ہے۔"

"زندگی تو ہے ہی حادثات کا نام چچا" نوجوان مسکرایا۔

"اوہو اچھا۔ یہ جملہ تو ذرا ادبی قسم کا ہے۔۔۔ کیا تمھارا تعلق ادب سے ہے؟" نواب کاشف کے لہجے میں حیرت ابھی باقی تھی۔

"میرا ادب سے تعلق بس پڑھنے کی حد تک ہے چچا۔"

"چچا۔۔۔ تم مجھے پہلے بھی چچا کہہ چکے ہو، تمھارے منہ سے چچا کہنا کچھ عجیب سا لگا۔۔۔ خیر۔۔۔ میں تمھیں بتائے دیتا ہوں کہ یہ کیبن میں نے مخصوص کروا رکھا ہے۔ لہذا اس میں کسی اور کے لیے سیٹ نہیں ہے۔"

"لیکن چچا، یہ جگہ تو چار پانچ آدمیوں کی ہے؟"

"ہاں، یہ فیملی کیبن ہے۔ میری فیملی تین اسٹیشنوں کے بعد سوار ہو گئی۔"

"اوہ، اچھا، میں تیسرا اسٹیشن آنے سے پہلے ہی اتر جاؤں گا۔ آپ فکر نہ کریں۔"

"لیکن بھئی، یہ پورا کیبن میرے لیے مخصوص ہے۔"

"میں سن چکا ہوں۔۔۔ لیکن آپ دیکھ چکے ہیں۔ میں چلتی ٹرین میں سوار ہوا ہوں، خیر میرا وجود اگر آپ کو اتنا ہی ناگوار گزر رہا ہے تو میں اگلے اسٹیشن پر اتر جاؤں گا۔ اتنی دیر کے لیے تو آپ کو برداشت کرنا پڑے گا۔ مجھے افسوس ہے۔"

"اچھا خیر، بیٹھ جائیں برخوردار۔"

نوجوان سامنے والی سیٹ پر بیٹھ گیا۔ پھر گھڑی پر نظر ڈالتے ہوئے بولا "اگلا اسٹیشن کتنی دیر میں آجائے گا؟"

"پینتالیس منٹ تو ضرور لگیں گے۔"

"اوہ۔۔۔ تب تو کافی وقت ہے۔ میں ذرا نیند لے سکتا ہوں؟"

"ضرور، کیوں نہیں۔" نواب کاشف نے منہ بنایا۔

نوجوان نے جیب میں ہاتھ ڈالا، اس کا ہاتھ باہر نکلا تو اس میں چیونگم کے دو ٹکڑے تھے۔ اس نے اپنا ہاتھ آگے بڑھاتے ہوئے کہا، "چچا، چیونگم۔"

"میں بچہ نہیں ہوں" نواب صاحب نے منہ بنایا۔

"یہ چیونگم بہت خاص قسم کے ہیں۔ ان سے سے خاص قسم کے لوگ شغل کرتے ہیں۔ آپ کے لیے اگر یہ انوکھی چیز ثابت نہ ہوں تو پھر کہیے گا۔ آپ ایک چیونگم منہ میں رکھ کر دیکھ لیں۔ ابھی اندازہ ہو جائے گا۔" یہ کہتے ہوئے اس نے دوسرا چیونگم کا کاغذ بائیں ہاتھ اور دانتوں کی مدد سے اتار لیا اور اس کو منہ میں رکھ

لیا۔

غیر ارادی طور پر نواب کاشف نے چیونگم اٹھالیا، اس کا کاغذ اتار کر اسے منھ میں رکھ لیا۔ وہ جلدی سے بولے۔ "اس میں شک نہیں، چیونگم بہت خاص قسم کا ہے۔"

"اور پیش کروں؟ راستے بھر شغل کر سکیں گے آپ۔"

"نہیں بھئی۔ مجھے مسلسل منھ چلانا پسند نہیں۔ آدمی بکرا نظر آنے لگتا ہے۔"

"آپ کی مرضی۔ ویسے آپ کی شکل صورت کچھ جانی پہچانی سی نظر آ رہی ہے۔ شاید میں نے آپ کو کہیں دیکھا ہے۔ کیا نام ہے بھلا آپ کا؟"

نواب صاحب نے طنز کہا، "واہ، واہ، وا۔"

"یہ کیسا نام ہوا؟"

"حد ہو گئی۔ میں نے اپنا نام نہیں بتایا۔ پہلے تو تم چلتی ٹرین پر سوار ہو گئے، وہ بھی میرے مخصوص کیبن میں، پھر جگہ حاصل کر لی۔ اس کے بعد چیونگم پیش کیا اور اب میرا نام پوچھ رہے ہو۔ خیر تو ہے نوجوان، ارادے تو نیک ہیں؟"

نوجوان نے ناگواری سے کہا، "اچھی بات ہے، نہ بتائیں نام، میں اگلے اسٹیشن پر اتر جاؤں گا۔"

"برا مان گئے برخوردار! خیر سنو، میرا نام نواب کاشف ہے۔"

"نواب کاشف!" نوجوان کے لہجے میں حیرت شامل ہو گئی۔

"ہاں کیوں، کیا تم مجھ سے میرا مطلب ہے میرے نام سے واقف ہو؟"

"سنا ہوا سا لگتا ہے۔ اسی طرح آپ کا چہرہ بھی شناسا ہے، خیر ابھی میں یہاں

تقریباً چالیس منٹ اور ٹھیروں گا، اس دوران اگر یاد آگیا تو بتاؤں گا۔"

نواب کاشف نے جمائی لیتے ہوئے کہا، "اچھی بات ہے، ہا، ہا، شاید مجھے نیند آ رہی ہے۔"

"میرا بھی یہی حال ہے۔"

"تب پھر کچھ دیر نیند لے لیتے ہیں۔ اسٹیشن پر پہنچ کر جب ٹرین رکے گی تو آنکھ خود بخود کھل جائے گی۔"

نواب صاحب بولے، "ٹھیک ہے" پھر جمائی لی اور ان کی آنکھیں بند ہو گئیں۔ نیم دراز تو پہلے ہی تھے، اب پیر پھیلا کر لیٹ گئے۔

ان کی آنکھ کھلی تو ان کے گھر کے افراد انھیں بری طرح جھنجوڑ رہے تھے۔ انھیں آنکھیں کھولتے دیکھ کر ان کی بیگم بول اٹھیں، "آپ گھوڑے بیچ کر سو گئے تھے؟ ہم لوگ کتنی دیر سے آپ کو جگانے کی کوشش کر رہے ہیں۔"

نواب صاحب چونک کر بولے، "اوہو اچھا، حیرت ہے، تین اسٹیشن گزر گئے، لو مجھے پتا ہی نہیں چلا اور، اور وہ نوجوان؟"

ان کی بڑی بیٹی نے حیران ہو کر پوچھا، "کون نوجوان، کس کی بات کر رہے ہیں ڈیڈی؟"

"اور ہاں، اسے تو اگلے اسٹیشن پر ہی اتر جانا تھا۔ یہاں تک تو اسے آنا ہی نہیں تھا۔"

"کس کی بات کر رہے ہیں؟ ابھی تک نیند میں ہیں کیا"

"نہیں، میں اب نیند میں نہیں ہوں۔ میں بتاتا ہوں، اس کے بارے میں۔"

پھر وہ اپنے گھر کے افراد کو نوجوان کے بارے میں بتانے لگے۔ چیونگم کے ذکر سے ان کا بیٹا چونکا۔

وہ بولا، "کہیں وہ کوئی چور تو نہیں تھا۔"

نواب کاشف بولے، "ارے نہیں، وہ تو بہت بھولا بھالا نوجوان تھا"

"پھر بھی آپ اپنی جیبوں کی تلاشی لے لیں"

"ضرورت تو کوئی نہیں، خیر تم کہتے ہو تو میں دیکھ لیتا ہوں۔"

انھوں نے اپنی جیبوں کا جائزہ لیا۔ شیروانی کی اندرونی جیب ٹٹولتے ہی وہ بولے "بٹوہ موجود ہے اور ساری نقدی اسی مین تھی، اس کا مطلب ہے وہ چور نہیں تھا۔"

بیٹے نے کہا، "بٹوا بھی تو نکالیں نا۔"

اس کے کہنے پر نواب صاحب نے جیب سے بٹوا نکال لیا۔ دوسرے ہی لمحے وہ بہت زور سے اچھلے، "ارے یہ کیا! یہ تو میرا بٹوا نہیں ہے۔"

"کیا؟" ان سب کے منھ سے نکلا۔

نواب صاحب نے گھبراہٹ کے عالم میں بٹوے کا جائزہ لیا۔ بٹوے میں کاغذات بھرے ہوئے تھے۔ انھوں نے کاغذات نکال لیے۔ وہ اخبارات کے تراشے تھے۔ جرائم کی خبروں کے تراشے۔ ان کے بٹوے کے دوسرے حصے میں چند تصویریں تھیں۔ یہ تصاویر اسی نوجوان کی تھیں اور ان میں ایک تصویر غالباً اس کے بچپن کی تھی۔

بیگم صاحب نے تیز لہجے میں کہا "تو وہ آپ کا بٹوا لے اڑا۔"

"ہاں یہی بات ہے۔ مجھے افسوس ہے۔ اوہ۔ اوہ۔ ارے۔"

ایک بار پھر وہ زور سے اچھلے۔ ان کی نظریں بچپن والی تصویر پر چپک سی گئی تھیں۔ ان کے دماغ میں گھنٹیاں سی بجنے لگیں۔ دماغ سائیں سائیں کرنے لگا۔ بچے کی مسکراتی تصویر ان کے دل و دماغ میں اترتی جا رہی تھی۔

تصویر والا بچہ اپنے ماموں سے پیار بھرے لہجے میں کہہ رہا تھا، "ماموں جان! آپ کہاں جا رہے ہیں۔"

"منے! میں فلم دیکھنے جا رہا ہوں۔"

"آپ مجھے بھی لے چلیں نا۔"

"لیکن منے! میرے پاس صرف ایک ٹکٹ کے پیسے ہیں۔ میرے پاس زیادہ پیسے نہیں ہیں، کیا تمھارے پاس پیسے ہیں؟"

"جی ماموں جان پیسے؟ جی نہیں تو۔"

"تب پھر تم ایک کام کرو۔ اپنے ابو کی دکان پر جاؤ، وہ تو دکان داری میں لگے ہوں گے۔ ان کے گلے میں سے کچھ نوٹ چپکے سے نکال لاؤ۔ انھیں پتا بھی نہیں چلے گا۔ پھر میں تمھیں فلم دکھانے لے چلوں گا۔"

"اچھا ماموں جان!" منے نے کہا اور دوڑ گیا۔

جلد ہی وہ واپس آیا تو اس کے ہاتھ میں دس دس روپے کے کئی نوٹ تھے۔ ان نوٹوں کو دیکھ کر انھوں نے منھ بنایا اور کہا، "ان سے ٹکٹ نہیں آئے گا۔ ایک بار اور جاؤ۔" ماموں نے جھوٹ بولا۔ حال آنکہ اس کے زمانے میں فلم کا ٹکٹ چند آنوں میں ملتا تھا۔

"جی اچھا ماموں!" منا گیا اور چند نوٹ اور لے آیا۔

ماموں نے پھر کہا،"نہیں بھئی، ابھی ٹکٹ کے پیسے پورے نہیں ہوئے۔"

بچے نے کہا،"اچھا ماموں، ایک چکر اور سہی۔"

اس طرح منے کو ماموں نے کئی چکر لگوائے، تب فلم دکھائی، لیکن پھر منے کو پیسے اڑانے کا چسکا پڑ گیا۔ روز روز وہ اس کام میں ماہر ہوتا گیا اور اس کی یہ عادت اسے بری صحبت میں لے گئی۔ ایک دن وہ گھر سے بھاگ گیا۔ بیس سال بعد ماموں جان کی اس سے ملاقات ان حالات میں ہوئی تھی کہ اس کی تصویر اس کے ہاتھ میں رہ گئی تھی۔

"آپ، آپ اس تصویر کو اس طرح کیوں گھور رہے ہیں۔ کیا آپ جانتے ہیں یہ کس کی تصویر ہے۔ اس طرح تو شاید ہم اس کو گرفتار کرا سکیں۔"

نواب کاشف بولے،"نہیں، ہم اسے گرفتار نہیں کروائیں گے۔"

"لیکن کیوں، آپ کو اس چور سے ہمدردی کیوں ہے؟"

"گرفتار ہی کرنا ہے تو مجھے گرفتار کراؤ۔"

وہ ایک ساتھ بولے،"جی کیا مطلب؟"

اور وہ انھیں منے کی اور اپنی پرانی کہانی سنانے لگے۔

✾ ✾ ✾

دوست دشمن

ہمارے انگریزی کے ماسٹر صاحب غصے کے بہت تیز تھے۔ اتفاق سے ہم بھی انگریزی میں ہی کمزور تھے۔ ان کی عادت تھی کہ اچھے بھلے لائق لڑکوں کو بھی چھوٹی چھوٹی غلطیوں پر کان پکڑوا دیتے تھے۔ پھر ہماری ان سے کیوں نہ جان جاتی۔ ان کا پیریڈ آتا تو ہماری ٹانگیں لرزنے لگتیں، ہاتھ کپکپانے لگتے اور ہمارا رنگ ہلدی کی مانند زرد ہو جاتا۔ وہ بھی کلاس میں آتے ہی سب سے پہلے ہمیں ہی دیکھتے اور مسکرا کر کہتے:

کیا بات ہے تنویر، تمہاری طبیعت تو ٹھیک ہے، کہیں تمہیں بخار تو نہیں ہو گیا تھا رات۔"

"نو سر۔ نو سر۔" ہم گھبرا کر کہتے۔

"ارے بھئی یہ نو سر، نو سر کیا ہوا اردو میں بات کرو، انگریزی کا پیریڈ ہونے کا یہ مطلب تو نہیں کہ ہر بات انگریزی میں ہی کی جائے۔"

اور اگر ہم کہیں اردو میں جواب دے دیتے تو وہ کہتے:

"انگریزی میں جواب دو بھئی، پیریڈ انگریز کا ہے۔"

پھر انگریزی سننے سنانے کی باری آتی۔ وہ سب سے مشکل پیرا ہم سے سنتے،

اور مضمونوں میں ہم اچھے خاصے تھے، بس ذرا انگریزی میں ہی کمزور تھے، اور ہماری یہی کمزوری ہمارے لیے مصیبت بن گئی تھی۔

دراصل اس میں کچھ قصور ہمارے دو دوستوں انور اور خلیل کا بھی تھا۔ جب ہم گھر میں انگریزی یاد کر رہے ہوتے تو یہ دونوں آ جاتے اور ہمیں کھیلنے پر مجبور کرتے۔ آخر ہم بھی بچے ہی ٹھہرے، کھیلنے کو جی چاہنے لگتا اور ہم کتابوں سے جان چھڑا کر کھیلنے لگتے، اس سے بے فکر کہ کل انگریزی کے ماسٹر صاحب سب سے مشکل پیرا ہم سے ہی سنیں گے اور سبق نہ آنے پر بید کی چھڑی سے ہمارا مزاج پوچھیں گے۔ ہم خوب کھیلتے۔

جب خوب کھیل چکتے تو سبق کا خیال بری طرح ستانے لگتا۔ انور اور خلیل کا کیا تھا، وہ تو انگریزی میں بہت لائق تھے، انہیں تو سبق یاد کرنے کی ضرورت ہی نہیں پڑتی تھی۔

ایک دن شام کے وقت ہم نے انگریزی کی کتاب کھولی ہی تھی کہ دونوں آ گئے! انور بولا:

"یار ہم جب بھی آتے ہیں، تم انگریزی کا سبق ہی یاد کرتے ملتے ہو۔"

"اور کیا کروں۔ ایک یہی کمبخت نہیں آتی۔" ہم نے جواب دیا۔

"چھوڑو بھی، آؤ کھیلیں۔" خلیل نے کہا۔

"بھئی میں روز روز بید کی چھڑیاں کھا کر تھک چکا ہوں، مجھے پہلے سبق یاد کر لینے دو۔" یا پھر تم مجھے سبق یاد کرا دو۔" ہم بولے۔

"ہمیں بھلا کیا آتا ہے، تم ایسا کرو کہ سبق کا جو پیرا سب سے مشکل ہے، وہ پڑھ

کر دیکھ لو۔ جہاں سے نہ آئے، ہم سے پوچھ لو۔ ظاہر ہے کہ ماسٹر صاحب سب سے مشکل پیرا ہی تم سے سنیں گے۔"

"ترکیب تو تمہاری بھی بہت زوردار ہے۔ اچھا تو میں اس سبق کا مشکل پیرا یاد کر لیتا ہوں۔"

ہم نے جلدی جلدی سبق کا مشکل پیرا یاد کیا اور ان کے ساتھ کھیلنے لگے۔

دوسرے دن جب ماسٹر صاحب کلاس میں داخل ہوئے تو سب سے پہلے ان کی نظر ہم پر پڑی۔ آج نہ ہم تھر تھر کانپ رہے تھے نہ ہمارا رنگ ہلدی کی طرح زرد پڑا تھا بلکہ ہم اطمینان سے بیٹھے تھے۔

انہوں نے ہمارے اطمینان کو حیرت سے دیکھا اور بولے:

"تنویر کھڑے ہو جاؤ۔"

ہم حیران ہو کر کھڑے ہو گئے۔ "انگریزی کا سبق سناؤ" انہوں نے کہا۔

"جی: کہاں سے۔"

"کہاں سے کیا۔ شروع سے سناؤ۔"

اور ہماری سٹی گم ہو گئی۔ ظاہر ہے شروع سے ہمیں ایک لفظ بھی نہیں آتا تھا۔ سناتے کیا خاک۔ نتیجہ بھی ظاہر تھا، بید کی چھ چھڑیاں دونوں ہاتھوں پر وصول کرنی پڑیں۔ ان پر نیل پڑ گئے۔

اس شام ہم انور اور خلیل سے سخت ناراض تھے، یہ سب انہی دونوں کی وجہ سے تو ہوا تھا۔ نہ وہ شام کے وقت آکر ہمیں کھیلنے پر مجبور کرتے، نہ ہمیں مار کھانی پڑتی۔ ہم نے سوچ لیا کہ آج کے بعد ان دونوں کی بات پر عمل نہیں کریں گے اور

ان کے ساتھ ہر گز ہر گز نہیں کھیلیں گے۔

ہم نے انگریزی کی کتاب کھولی ہی تھی کہ وہ پھر آ دھمکے۔

"اب کیوں آئے ہو، میں سبق یاد کروں گا، تمہارے ساتھ ہر گز نہیں کھیلوں گا۔" ہم نے منہ بنا کر کہا۔

"معلوم ہوتا ہے، ہم سے بہت ناراض ہو، لیکن یہ تو سب ایک اتفاق تھا، ورنہ ماسٹر صاحب ہر روز تم سے مشکل پیرا ہی سنتے تھے۔ تم آج ایسا کرو۔۔۔"

انور نے کہنا چاہا۔

"نہیں، میں تمہارے کسی مشورے پر عمل نہیں کروں گا۔" ہم نے کہا۔

"بھئی سن تو لو انور کہنا کیا چاہتا ہے۔" خلیل نے زور دے کر کہا۔

"اچھا کہو۔۔۔ کیا بات ہے۔"

"آج تم ایسا کرو کہ شروع کا ایک پیرا اور سبق کا مشکل پیرا یاد کر لو۔ ظاہر ہے کہ ان دو میں سے وہ اور کونسا پیرا تم سے سن سکتے ہیں۔"

تجویز معقول تھی، ہم ایک بار پھر سوچ میں پڑ گئے اور آخر اس مشورے پر عمل کرنے پر تیار ہو ہی گئے۔ ہم نے جلدی جلدی یہ دو پیرے یاد کیے اور ان کے ساتھ کھیلنے لگے۔

اگلے دن ہم پھر کلاس میں اطمینان سے بیٹھے تھے۔ آج بھی ماسٹر صاحب نے ہمارے اطمینان کو حیران ہو کر دیکھا۔ آج وہ اس لیے اور بھی زیادہ حیران تھے کہ ابھی کل ہی ہمیں چھ عدد چھڑیاں بطور انعام کے ماری جا چکی تھیں۔

انہوں نے ہمیں کھڑا ہونے کا حکم دیا۔

"کیوں تنویر، آج انگریزی کا سبق یاد کیا ہے یا نہیں۔"

"جی ہاں جناب، بالکل یاد کیا ہے۔" ہم نے اکڑ کر کہا۔

"اچھا تو سبق کا آخری پیرا سناؤ۔" یہ سن کر ہمارے ہاتھوں کے طوطے اڑ گئے۔ ہم نے سمجھا شاید ہمارے کان خراب ہو گئے ہیں اور ہم نے غلط سنا ہے۔ اس لیے گھبرا کر بولے:

"جی۔۔۔ آخری پیرا کہا ہے آپ نے، آخری پیرا؟"

"ہاں ہاں، کیا تم اونچا سنتے ہو۔ تمہارے کان خراب ہیں کیا۔"

"جی نہیں تو، میرے کان تو بالکل ٹھیک ہیں۔" میں نے گڑبڑا کر کہا۔ "تو پھر سناؤ۔"

میں خاموش کھڑا رہ گیا۔ سناتا کیا، آخری پیرے کو تو دیکھا تک نہیں تھا۔ ماسٹر صاحب سمجھ گئے۔ وہ آگے بڑھے اور انہوں نے تڑاتڑ آٹھ چھڑیاں ہماری ہتھیلیوں پر جڑ دیں۔ چھٹی ہونے کے بعد ہم خاموشی سے گھر آئے۔ اپنے ملازم کو بلا کر کہا:

"میں اپنے کمرے میں بند ہو کر پڑھ رہا ہوں اگر انور اور خلیل آئیں تو کہہ دینا میں گھر میں نہیں ہوں، اور انہیں ہرگز اندر نہ آنے دینا، سمجھے۔"

"جی ہاں! سمجھ گیا۔"

ہم کمرہ اندر سے بند کر کے بیٹھ گئے اور انگریزی کا سبق شروع سے آخر تک اچھی طرح پڑھنے لگے۔ آج ہم نے اپنے دونوں دوستوں کے لئے اپنے گھر کے دروازے بند کر لیے تھے کیونکہ وہ ہمارے دوست نہیں تھے، وہ تو ہمارے دشمن تھے، دشمن۔

***

دو موتیوں کا تحفہ

آج نوید کی سالگرہ تھی، لیکن وہ سخت بے چین تھا۔ مہمانوں کی آمد شروع ہو چکی تھی۔ اس کے والد جج امتیاز علی مہمانوں کے آگے بڑھ بڑھ کر استقبال کر رہے تھے۔ انہوں نے بیٹے سے پریشانی کی وجہ پوچھی تو اس نے بتایا کہ اس کا عزیز ترین دوست ابھی تک نہیں آیا۔

جج صاحب کا منہ بن گیا۔ وہ اپنے بیٹے کے دوست کو اچھی طرح جانتے تھے۔ وہ ایک غریب بوڑھیا کا بیٹا تھا، جو لوگوں کے گھروں میں محنت مزدوری کر کے مشکل سے اپنا اور اپنے بیٹے کا پیٹ پالتی تھی۔ وہ ان کے بیٹے کا کلاس فیلو تھا اور بہترین دوست بھی۔ جج صاحب اس دوستی کو اچھی طرح سے نہیں دیکھتے تھے۔

نوید بار بار دروازے کی طرف دیکھ رہا تھا۔ اس نے کل ماجد کو ٹھیک وقت پر پہنچ جانے کی خوب اچھی طرح تاکید کی تھی اور اس نے وعدہ بھی کر لیا تھا۔

قیمتی کپڑوں میں ملبوس جج صاحب کے دوست اور عزیز اپنے بچوں اور بیویوں کے ساتھ آ رہے تھے۔ ان میں سے ہر ایک کے ہاتھ میں تحفے کا پیکٹ تھا، جو وہ اندر آتے ہی نوید کے ہاتھ میں دے رہے تھے۔ نوید بے خیالی کے عالم میں ان کے تحائف پکڑ رہا تھا۔ اس کا دل گھبرا رہا تھا وہ سوچ رہا تھا۔

آخر ماجد اب تک کیوں نہیں آیا۔ کہیں اس کی ماں کی طبیعت خراب نہ ہو گئی ہو۔ اس کی ماں اکثر بیمار رہتی تھی۔ یا پھر وہ خود نہ بیمار ہو گیا ہو۔ ہو سکتا ہے کہ وہ ادھر آرہا ہو۔۔۔ اور خدانخواستہ کسی حادثے میں چوٹ نہ کھا بیٹھا ہو۔

غرض اس قسم کے خیالات اس کے ذہن میں آتے رہے۔ جب بھی کوئی دروازے میں داخل ہوتا، اس کی آنکھوں میں امید کی چمک نظر آتی لیکن پھر ماجد کو دروازے میں نہ دیکھ کر وہ چمک غائب ہو جاتی، اس کا منہ لٹک جاتا۔

آخر جب اس سے رہا نہ گیا تو وہ جج صاحب کے پاس گیا اور گھبرائے ہوئے لہجے میں ان سے بولا:

"ابا جان! نہ جانے کیوں نہیں آیا۔ میں ذرا جا کر اسے لے آؤں۔"

ماجد۔۔۔ماجد۔۔۔ماجد۔۔۔ آخر اس بھوکے ننگے لڑکے کے نہ آنے سے کون سا فرق پڑ جائے گا، اور پھر تم اتنے مہمانوں کو چھوڑ کر اس دو ٹکے کے چھوکرے کو لینے جاؤ گے۔ مہمان کیا خیال کریں گے بیٹا۔ وہ نہ آئے گا تو کون سی قیامت آجائے گی۔" جج صاحب نے ناراض ہو کر کہا۔

اب وہ انہیں کیسے بتاتا کہ ماجد کا نہ آنا اس کے لیے قیامت آنے کے برابر ہی تھا۔ اسے اپنے دوست سے بہت محبت تھی۔

وقت گزرتا چلا گیا۔ سب مہمان آچکے تھے اور انتظار کر رہے تھے کہ کب نوید کیک کاٹے اور پارٹی شروع ہو۔ آخر جج صاحب جھنجھلا اٹھے۔ انہوں نے نوید سے سخت لہجے میں کہا:

"چلو نوید! کیک کاٹو۔ سب لوگ انتظار کر رہے ہیں۔"

نوید مجبور ہو گیا۔ اس نے آخری بار دروازے کی طرف دیکھا، اور پھر بالکل مایوس ہو گیا۔ اس کی آنکھوں میں دو آنسو امڈ آئے جو گالوں پر لڑھک کر زمین پر گر گئے۔ اس نے چھری اٹھائی اور کیک کاٹ کر موم بتیاں بجھانے لگا۔ سب لوگ تالیاں بجا بجا کر اسے مبارک باد دینے لگے، لیکن وہ خاموش تھا۔ اس کے چہرے پر خوشی کی ہلکی سی جھلک بھی نہیں تھی۔

ساری رات وہ سو نہ سکا۔ صبح ہوئی تو ناشتا کر کے سکول پہنچا۔ اس نے اس درخت کے نیچے دیکھا، جہاں وہ اسکول لگنے سے پہلا ملا کرتے تھے۔

ماجد درخت کے نیچے موجود تھا۔ اس کے قدم اس کی طرف اٹھتے چلے گئے۔ ماجد کے پاس پہنچ کر وہ رک گیا اور خاموش کھڑا ہو گیا۔ ماجد نے اس کے قدموں کی آہٹ سن کر اس کی طرف دیکھا اور اسے اپنی طرف دیکھتے ہوئے نہ پا کر تڑپ اٹھا:

"مجھ سے ناراض ہو۔۔۔" اس کے منہ سے نکلا۔

"ہاں۔" نوید اس سے زیادہ کچھ نہ کہہ سکا۔

"میں ہوں بھی اسی قابل۔ ایک غریب بوڑھیا کے بیٹے کو حق بھی کیا ہے کہ ایک امیر باپ کے امیر بیٹے کو دوست بنائے۔"

"آخر ایسی کیا بات تھی کہ تم سالگرہ میں نہیں آئے۔ میں نے تمہارا کتنا انتظار کیا۔ مجھے بتاؤ ماجد۔ تم نے ایسا کیوں کیا۔ میں ساری رات جاگتا رہا ہوں، تم نے مجھے اتنی خوفناک سزا کیوں دی۔ تم نے مجھ پر یہ ظلم کیوں کیا۔"

جواب میں ماجد کچھ بھی نہ بولا تو وہ بے چین ہو گیا۔ وہ گھٹنوں کے بل اس کے پاس بیٹھ گیا۔

"کیا ماں بیمار تھی۔ اس کے علاج کے لیے پیسے نہیں ہیں۔"

"نہیں۔ ایسی کوئی بات نہیں۔"

"تو پھر تم ضرور اس وجہ سے نہیں آئے ہوگے کہ ابا جان تمہیں پسند نہیں کرتے۔"

"نہیں، یہ بات نہیں ہے۔ میں جانتا ہوں، تمہارے والد صاحب میری اور تمہاری دوستی کو اچھا نہیں سمجھتے۔ لیکن تم تو مجھے پسند کرتے ہو۔ پھر بھلا میں ان کی وجہ سے کیوں رکتا۔ میں تو اس سے پہلے بھی کئی بار تمہارے ہاں جا چکا ہوں۔

"تو پھر۔۔۔ آخر کیا وجہ تھی۔ خدا کے لئے مجھے بتاؤ۔"

"دراصل میرے پاس تمہیں۔۔۔" وہ پھر رک گیا۔

اب جو نوید نے اس کے چہرے کی طرف دیکھا تو وہ گھبرا گیا۔ نوید کی آنکھوں میں آنسو تھے۔ دیکھتے ہی دیکھتے آنسو اس کے گالوں پر لڑھک آئے۔ نوید نے جلدی سے جیب میں سے رومال نکالا اور اس سے پہلے کہ آنسو زمین پر گرتے، اس نے انہیں رومال میں لے لیا۔

"ارے ارے، تم تو رونے لگے۔ دیکھو اگر میری کسی بات سے تمہیں دکھ پہنچا ہے تو مجھے معاف کر دو۔ چلو میں نہیں پوچھتا، سالگرہ میں نہ آنے کی وہ۔۔۔ جانے دو۔"

نہیں نوید۔۔۔ میں تمہیں بتاتا ہوں۔۔۔ دراصل میرے پاس تمہیں دینے کے لئے کوئی تحفہ نہیں تھا۔"

"اوہ۔۔۔ اف ظالم۔۔۔ تم نے یہ کیا کیا۔۔۔ کیا تم صرف اس وجہ سے نہیں

آئے۔۔۔ پاگل ہو تم ۔۔۔ اچھے خاصے پاگل ۔۔۔ بے وقوف بھلا دوست کسی دوست کے تحفے کا بھوکا ہوتا ہے۔ اس کے لئے تو بس دوست ہی سب کچھ ہوتا ہے اور پھر تحفہ تو تم نے مجھے اس وقت بھی دے گیا ہے۔" نوید مسکرا کر بولا۔

"تحفہ۔۔۔ کیا مطلب۔۔۔ کیسا تحفہ۔۔۔" ماجد نے حیران ہو کر کہا۔

"ہاں یہ دیکھو۔۔۔ دو موتیوں کا تحفہ۔۔۔ جو تمہاری آنکھوں سے نکلے۔۔۔ یہ میں نے رومال میں لے لیے ہیں۔۔۔ ان سے اچھا تحفہ بھی بھلا کوئی ہو سکتا ہے۔۔۔ پاگل کہیں کا۔۔۔ آ میرے گلے سے لگ جا۔" نوید نے بیتابی سے کہا۔

ماجد بے اختیار ہو کر اٹھا، اور اپنے دوست نوید کے گلے لگ گیا۔

دونوں دوست بہت خوش تھے!

***

سبز پری اور امجد

امجد بہت پیارا گول مٹول سا لڑکا تھا۔ وہ پانچویں جماعت میں پڑھتا تھا۔ اپنا سبق فر فر سناتا تو اُستاد بہت خوش ہوتے۔ گھر میں اپنی امی کے کاموں میں مدد کرتا تو وہ خوش ہو کر اسے اپنے سینے سے چمٹا لیتیں۔ شام کو اس کے ابّا جان گھر آتے تو وہ دوڑ کر ان سے لپٹ جاتا۔

غرض ہر کوئی اس سے پیار کرتا تھا۔ کیونکہ وہ ماں باپ کا کہنا مانتا تھا۔ ان کا ادب کرتا تھا۔

ایک دن وہ باغ کی سیر کرنے گیا۔ جس وقت وہ باغ میں پہنچا، دُور دُور تک کوئی آدمی نہ تھا۔ ہر طرف پھول کھلے تھے۔ ہلکی ہلکی ہوا چل رہی تھی۔

اچانک ہوا کا ایک تیز جھونکا اس کے چہرے سے ٹکرایا۔ پھر پروں کے پھڑ پھڑانے کی آواز آئی۔ جیسے کوئی بڑا سا پرندہ پھڑ پھڑاتا ہو۔ امجد ڈر گیا۔ اس نے چاروں طرف دیکھا لیکن کوئی پرندہ اسے نظر نہ آیا۔ ابھی وہ حیران ہی ہو رہا تھا کہ ایک باریک سی آواز سنائی دی:

"پیارے پیارے منے۔ تم حیران ہو کر چاروں طرف کیا دیکھ رہے ہو؟"

امجد نے گھبرا کر چاروں طرف دیکھا لیکن دور اور نزدیک اسے کوئی نظر نہ

آیا۔

آواز پھر آئی: "تم بہت اچھے ہو اور بہت پیارے ہو کیونکہ تمھاری عادتیں بہت اچھی ہیں۔"

امجد ڈرنے لگا کہ یہ آوازیں کہاں سے آرہی ہیں۔ آخر اس نے ہمت کر کے پوچھا:

"تم کون ہو، مجھے تو یہاں کوئی بھی دکھائی نہیں دے رہا ہے۔"

"میں تمھاری دوست ہوں۔ تم اپنے ماں باپ کا کہنا مانتے ہو، اسکول کا کام وقت پر کرتے ہو۔ کسی کو دُکھ نہیں دیتے، کیسی کو

تنگ نہیں کرتے۔ گندے بچوں کے ساتھ نہیں کھیلتے۔ تم امجد ہو نا؟"

"ہاں، میں امجد ہوں مگر تم کون ہو؟"

"میں۔ میں ایک پری ہوں۔ یہ سبز پری ہے۔"

سبز پری" امجد نے حیران ہو کر کہا۔

"ہاں مجھ سے ڈرنے کی ضرورت نہیں"

"مگر تم مجھے نظر کیوں نہیں آتیں؟"

"ایسا ہو سکتا ہے، لیکن تمھیں اس کے لیے ایک وعدہ کرنا ہو گا اور وہ یہ کہ تم کسی سے میرا ذکر نہیں کرو گے"

"میں وعدہ کرتا ہوں۔"

اسی وقت پھر ہوا کا ایک تیز جھونکا اس کے چہرے سے ٹکرایا۔ پیروں کی پھڑ پھڑاہٹ سنائی دی۔ دوسرے ہی لمحے سبز پری اُڑتی ہوئی اس کے پاس آکر رک گئی۔

اس کا سارا جسم سبز تھا، صرف بال کالے تھے۔

"تو تم ہو سبز پری" امجد نے کہا۔

ہاں! اور میں تمھاری دوست ہوں"

"کیا تم مجھے ہر روز اس جگہ ملنے آیا کرو گی؟"

"ہاں اور تمھارے لیے اچھے اچھے پھل بھی لایا کروں گی۔" پری نے کہا۔

"اس کی کیا ضرورت ہے، ابا جان مجھے ہر روز پھل لا کر دیتے ہیں۔"

"پرستان میں پھلوں کے لاکھوں درخت ہیں۔ وہ تمھارے ہاں کے پھلوں سے زیادہ مزے دار ہوں گے۔''

اچھا۔ پھر تو میں ضرور کھاؤں گا۔

اور میں تو تمھارے لیے آج بھی لائی ہوں۔ یہ دیکھو۔"

امجد نے پری کے ہاتھ میں دو سیب دیکھے۔ یہ بالکل سرخ تھے۔ امجد نے ان میں سے ایک لے کر کہا:

"ایک تم کھاؤ''

دونوں سیب کھانے لگے۔

"پری باجی، یہ سیب تو واقعی بہت مزے کا ہے۔" امجد خوش ہو کر بولا۔

"کل میں تمھیں پرستان کا کیلا کھلاؤں گی۔ اچھا اب میں چلتی ہوں۔"

ہوا کا جھونکا امجد کے چہرے سے ٹکرایا اور پری غائب ہو گئی۔

دوسرے دن وہ ٹھیک وقت پر باغ میں پہنچ گیا۔ آج یہاں کچھ اور لوگ بھی ٹہل رہے تھے۔ اس نے سوچا، شاید ان لوگوں کی موجودگی میں پری نہ آئے۔ لیکن

جونہی وہ اس درخت کے نیچے پہنچا، ہوا کا جھونکا آیا اور پری اس کی آنکھوں کے سامنے تھی۔

پری باجی! یہ دوسرے لوگ تمھیں دیکھ لیں گے۔ امجد نے گھبرا کر کہا۔

"میں انھیں نظر نہیں آؤں گی۔"

"اچھا۔ یہ تو بڑے مزے کی بات ہے"

"میں تمھارے لیے دو کیلے لائی ہوں۔"

امجد نے دیکھا، اس کے ہاتھ میں دو لمبے لمبے سبز رنگ کے کیلے تھے۔ دونوں نے ایک ایک کیلا کھایا۔

دن یونہی گزرتے رہے۔ وہ ہر روز پری سے ملتا رہا۔ ایک دن وہ پری سے ملنے کے لیے گھر سے نکلا۔ کچھ دُور ہی چلا ہو گا کہ سڑک پر ایک بوڑھی عورت کھڑی دکھائی دی۔ اس کے پیروں کے پاس ایک گٹھری پڑی تھی۔

بیٹا! ذرا یہ گٹھری تو اٹھا کر میرے گھر پہنچا دو" وہ بولی۔

امجد رک گیا۔ اس نے بوڑھیا کو غور سے دیکھا۔ وہ بُری طرح ہانپ رہی تھی۔ امجد کو اس پر رحم آ گیا۔ وہ گٹھری اٹھانے کے لیے جھکا ہی تھا کہ اسے سبز پری کا خیال آ گیا، اس نے سوچا اگر مجھے دیر ہو گئی تو پری چلی جائے گی اور میں مزے دار آڑو کھانے سے رہ جاؤں گا۔ آج پری نے آڑو لانے کا وعدہ کیا تھا۔

وہ بوڑھیا سے بولا: "بوڑھی اماں! مجھے ایک ضروری کام ہے، اس لیے میں تمھاری مدد نہیں کر سکتا۔" یہ کہہ کر وہ آگے بڑھ گیا۔ باغ میں وہ سیدھا اس درخت کے نیچے آیا لیکن آج نہ کوئی ہوا کا جھونکا آیا، نہ پروں کی آواز اس کے کانوں میں

آئی۔ وہ گھبرا گیا۔

پریشان ہو کر بولا: "پری باجی! آج تم کہاں ہو۔ دیکھو تمھارا دوست آگیا ہے۔ وہ تمھیں پکار رہا ہے۔" اس نے خاموش ہو کر اِدھر اُدھر دیکھا۔ پری کا دُور دُور تک پتا نہ تھا۔ دو تین مرتبہ اس نے پری کو پکارا، لیکن کوئی بھی جواب نہ ملا۔ اب تو اس کی مایوسی کی کوئی حد نہ رہی۔ کافی دیر تک انتظار کرنے کے بعد بھی جب پری نہ آئی تو وہ اداس ہو گیا اور گھر لوٹ آیا۔

ساری رات اسے نیند نہ آئی۔ وہ سوچتا رہا۔ آج پری کیوں نہیں آئی۔ میں نے تو اس کے متعلق کسی کو بتایا بھی نہیں۔ کہیں وہ بیمار نہ ہو گئی ہو شاید اسے بخار ہو گیا ہو۔ یا پھر نزلہ زکام نہ ہو گیا ہو۔ ہو سکتا ہے اسے ٹھنڈ لگ گئی ہو اور نمونیہ ہو گیا ہو۔

رات بھر وہ سوچتا رہا پھر نہ جانے کب اس کی آنکھ لگ گئی۔ دوسرے دن وہ پھر مقررہ وقت پر باغ میں پہنچ گیا، لیکن پری اس دن بھی نہ آئی۔ پھر تین دن اسی طرح گزر گئے۔ چوتھے دن اس کی آنکھوں میں آنسو جھلملا اٹھے اور وہ ہمیشہ ہمیشہ کے لیے مایوس ہو گیا۔

عین اسی وقت ہوا کا ایک تیز جھونکا اس کے چہرے سے ٹکرایا، پروں کی آواز آئی۔ وہ خوش ہو گیا۔ اس کا چہرہ کھل اُٹھا۔ دوسرے ہی لمحے پری اس کی آنکھوں کے سامنے تھی۔

"پری باجی! تم چار دن کہاں رہیں۔" اس نے شکایت بھرے لہجے میں کہا۔

"میں تم سے ناراض ہوں۔" پری بولی۔

"کیوں پری باجی! میں نے تو کسی سے آپ کا ذکر تک نہیں کیا۔"

"یہ ٹھیک ہے، لیکن کیا تم جانتے ہو، اس دنیا میں سب سے بڑی نیکی کیا ہے۔ دوسری کے کام آنا۔ اس دنیا کے سردار پیارے نبی حضرت محمدؐ بھی دوسروں کے کام آیا کرتے تھے۔ وہ بوڑھی عورتوں کا بوجھ خود اٹھالیا کرتے تھے، اور تم.... تم نے چند آڑوؤں کی خاطر اس بوڑھی عورت کی مدد نہیں کی۔"

"اوہ!" امجد کے منہ سے نکلا۔ اب اسے پری کے نہ آنے کی وجہ معلوم ہوئی۔

"جب میں نے دیکھا کہ تم نے بوڑھی عورت کی مدد نہیں کی تو میں تم سے ناراض ہوگئی اور اس لیے تمھارے پاس نہیں آئی۔"

"پری باجی! مجھے معاف کردو مجھ سے بڑی بھول ہوئی۔ اب ایسی غلطی مجھ سے کبھی نہیں ہوگی۔ میں ہمیشہ دوسروں کے کام آؤں گا۔ غریبوں، یتیموں اور بوڑھوں کے کام آؤں گا۔"

امجد بولا۔

"شاباش! اب ہم پھر دوست ہیں۔ میں تمھیں بتاؤں، وہ بوڑھیا میں ہی تھی اور تمھارا امتحان لینا چاہتی تھی۔"

امجد سبز پری کی بات سن کر حیران رہ گیا۔

***